Scénario et dessin
KAHO MIYASAKA

Traduction
ARNAUD TAKAH

Lettrage
LARA IACUCCI

... ici à ... commencez par la dernière page et lisez les bulles de droite à gauche.

Directeur de l'édition française **ALAIN GUERRINI**. Comité de direction **A. GUERRINI, A. DENECHERE, S. DALLAIN**. Directeur délégué **SÉBASTIEN DALLAIN**. Directeur éditorial européen **MARCO M. LUPOI**. Responsable éditorial **WALTER DE MARCHI**. Responsable marketing opérationnel **MARJORIE TODRANI**. Chef des ventes **BENOÎT FRAPPAT**. Coordinatrice commerciale **LYDIE PHAM**. Contrôleur de gestion **GRÉGORY PELUSO**. Communication et relations presse **SOPHIE CONY**. Coordinateurs éditoriaux **MATTEO LOSSO, ANNA RODELLA**. Supervision **LAETITIA SAMMARTINO**. Rédaction **VÉRONIQUE PARRA, SANDRINE VAUBOIS**. Rédacteur **MATTHIAS DAGORNE**. Directeur artistique **MARIO CORTICELLI**. Conceptrice graphique **SABRINA PIU**. Maquettiste **PAOLA CARPI**. Avec la collaboration de **J. BAGLIO, A. JODKOWSKI, MPG** et de toute l'équipe de Panini.

A ROMANTIC LOVE STORY 4
ISBN : 978-2-8094-0921-5
Un ouvrage PANINI MANGA / PANINI FRANCE S.A.
Commercialisation et relations média : PANINI FRANCE S.A. Z.I. SECTEUR D - B.P. 62 06702 SAINT-LAURENT-DU-VAR CEDEX
www.paninimanga.fr – presse-bd@panini.fr - Tél. 04 92 12 57 57 - Fax 04 92 12 57 58
 Dépôt légal : novembre 2009. PANINI MANGA est une marque déposée par PANINI FRANCE S.A. Impression : Industria Grafica Editoriale Pizzorni s.r.l., CREMONA. Imprimé en Italie / Printed in Italy.

À SUIVRE...

JE VOUDRAIS QUE NOUS SOYONS AMIES.

バッ
DASH
IBUKI !
IBUKI ! ATTENDS !!

I...
IBUKI ?!

UNE PER-
RUCHE ?!
ポト
POF
Kotori,
j'ai trouvé que cette
perruche te ressemblait
beaucoup, alors je l'ai
achetée.♡
J'espère qu'elle
te plaira.
Natsume

LE PAQUET... JE L'AVAIS OUBLIÉ.
JE L'AVAIS MIS DANS MON SAC.
JE ME DEMANDE À QUI IL APPARTE-NAIT.
KSCHA
CE N'EST PAS BIEN, MAIS... JE VAIS JETER UN COUP D'ŒIL À L'INTÉ-RIEUR...

SALUT !
BYE !
ガタ
KRAA
...
ゴソ
FLAP
OH...

?
IL Y A DE QUOI ÊTRE EN COLÈRE...

QUE...
... QU'EST-CE QUE TU VIENS DE DIRE ?
DE QUOI PARLES-TU ?
NON...
RIEN. LAISSE TOMBER.
À PLUS.

SI...
... JE TE DIS LA VÉRITÉ, JE ME DEMANDE COMMENT TU VAS RÉAGIR.

JE N'AI
TOUJOURS
RIEN RÉUSSI
À DIRE À
IBUKI.
ET PLUS
JE TOURNE
AUTOUR DU
POT...
...
PLUS JE
M'ÉLOIGNE
D'ELLE.
...

...
OUH, LÀ...
EXCUSE-MOI. JE PLAISANTAIS.
C'ÉTAIT DÉPLACÉ.
HAA
CE N'EST PAS ÇA.
J'AI HONTE.
À CAUSE DE MOI ?
!?

TU COURS, MAIS ÇA NE SERT À RIEN.
NATSUME A DÉJÀ DISPARU.
ELLE REMPLACE LE TEXTE ET LES PERSONNAGES DANS SON IMAGINATION.
...
POURQUOI TU FAIS CETTE TÊTE ?
...
GRRR
TU AS ARRÊTÉ DE T'ONDULER LES CHEVEUX ?
HOP

MOI, JE CHOISIRAIS "LE RATTRAPER".
LE LAISSER PARTIR
LE RATTRAPER
CLIC
L'APPELER
QUE...?
POU...
POURQUOI TU AS APPUYÉ ?! JE N'AVAIS PAS ENCORE SAUVEGARDÉ !
HI HI
PARCE QUE TU AVAIS LE REGARD DANS LE VAGUE.
MÉ... MÉCHANT !
ARGH
TU COURS, MAIS ÇA NE SERT À RIEN. HIKARU A DÉJÀ DISPARU...

KOTORI
HIKARU...
YUU
IL A RAISON, KOTORI ! SI TU NE LUI DIS PAS CE QUE TU AS SUR LE CŒUR, TU LE REGRETTERAS !
KEN
QU'EST-CE QUE TU ATTENDS ?! RATTRAPE-LE !
LE LAISSER PARTIR
LE RATTRAPER
L'APPELER
...
REGARD VIDE

NON.
HIKARU
ALORS... ADIEU.

CLAC
TIENS. MAMAN.
C'EST RARE DE TE VOIR À LA MAISON À CETTE HEURE. QU'EST-CE QUI T'AMÈNE ?
BON-JOUR, MA CHÉRIE.
JE FAI-SAIS MES VALISES.
TU PARS ENCORE EN VOYAGE D'AF-FAIRES ?
OUI. JE DOIS RESTER DIX JOURS À PARIS. TU POURRAS TE DÉBROUILLER SEULE ? SUIS-JE BÊTE, CE N'EST PAS LA PREMIÈRE FOIS.
TU PEUX LE DIRE. DE TOUTE FAÇON, J'AI DES SÉANCES PHOTO PRÉVUES PRESQUE TOUS LES JOURS. JE NE SERAI PAS SEULE.
AU FAIT, COMMENT ÇA SE PASSE DANS TA NOUVELLE ÉCOLE ?
TU T'ES FAIT DES AMIES ?

ARRÊTE DE TE MOQUER DE MOI !
ELLE... ELLE N'A PAS AP-PRÉCIÉ, ON DIRAIT.
...
IBUKI...
J'AIMERAIS POUVOIR LUI PARLER.

COMMENT ? MAIS ALORS... TU OSES INSINUER QUE JE MENS ?!
CHAN...
CHANGEONS DE SUJET, TU VEUX BIEN ?
JOUONS...
... À ÇA !
NE CRIE PAS !
TU M'AS SURPRISE.
...
GNÉ ?
...
TU...
TU M'AS L'AIR D'AVOIR DU TEMPS À TUER. JE SUIS SÛRE QUE DANS DOKIMEMO, TU TROUVERAIS TON GARÇON IDÉAL.
DODOM DODOM
EN PLUS, À ÇA, JE SUIS SÛRE DE TE BATTRE.
TEMPS À TUER ?!

SI...
... JE NE DIS RIEN, CE SERA COMME D'HABITUDE.
NE PAS RÉPONDRE, C'EST COMME ACCEPTER.
JE N'AI PAS LE DROIT.
"TU PROPAGES LES RUMEURS QUI PEUVENT TE RENDRE INTÉRESSANTE, SANS MÊME CHERCHER À SAVOIR SI ELLES SONT VRAIES OU NON."
NON.
HEIN ?
PAS TANT QUE JE N'AURAI PAS ENTENDU TOUT ÇA DE LA BOUCHE D'IBUKI ELLE-MÊME. ET PUIS DE TOUTE FAÇON, IGNORER LES GENS CE N'EST PAS MON GENRE.

TU AS BESOIN QUE JE TE FASSE UN DESSIN ? CETTE MEUF, JE NE PEUX PAS LA BLAIRER ! JE VEUX SA PEAU.
QUELLE QUESTION IDIOTE.
...
HU HU HU ! ♡
...
ALORS ? TU VAS NOUS REJOINDRE, N'EST-CE PAS ?

TU-TUM!
ON PEUT MÊME DIRE QU'ELLE TE DÉTESTE.
...
J'IGNORE CE QUI A PU SE PASSER POUR QU'ELLE EN ARRIVE LÀ, MAIS...
... JE NE TROUVE PAS ÇA TRÈS COOL DE DIRE DU MAL DE TOI DANS TON DOS.
QUAND ON SE DISPUTE, LA FAUTE EST SOUVENT PARTAGÉE.
QUE DIRAIS-TU DE REJOINDRE NOTRE GROUPE, KOTORINETTE ?
ENSEMBLE, NOUS POURRIONS MONTRER À IBUKI QUEL EFFET ÇA FAIT D'ÊTRE IGNORÉE !
QU'EN DIS-TU ?
HA...
HARADA... QU'EST-CE QUI TE PREND, TOUT À COUP ?
HEIN ?!

TU TOMBES BIEN.
JE CRAIGNAIS QUE TU NE SOIS DÉJÀ RENTRÉE. ♡
HA... HARADA ?!
AAARGH !
IL PARAÎT QUE TU T'ES FÂCHÉE AVEC IBUKI ?
EUH... EH BIEN ...
FÂCHÉE... C'EST BEAUCOUP DIRE...
...
JE NE SAIS PAS COMMENT TE DIRE ÇA, MAIS... IL FAUT QUE TU LE SACHES.
IBUKI... ELLE T'EN VEUT. VRAIMENT.

ズ
AÏE !
ベ ッ
PLAF
QUE...
?
?
...
QU'EST-CE QUE C'EST QUE ÇA ?
...
TOMBER EN TREBUCHANT SUR QUELQUE CHOSE DE SI LÉGER... JE SUIS EN DESSOUS DE TOUT.
カサ
KSA
JE ME DEMANDE CE QUE C'EST. ÇA RESSEMBLE À UN CADEAU ?
KOTORI-NEEEEETTE ! ♡

DANS CES MOMENTS-LÀ, JE N'ARRIVE JAMAIS À DIRE QUOI QUE CE SOIT.
AKEMI A RAISON : JE N'AI PAS DU TOUT CHANGÉ.
CHANGER... C'EST JUSTEMENT CE QUE JE DOIS FAIRE...
MAIS JE N'Y ARRIVE PAS !
JE NE TROUVE PAS LE COURAGE.
DIRE QUE...
... POUR LA PREMIÈRE FOIS DEPUIS MON ENTRÉE AU LYCÉE...
... J'AVAIS TROUVÉ UNE FILLE AVEC QUI JE PENSAIS POUVOIR DEVENIR AMIE.
POC

AH BON.
...
CARRÉ-MENT INTRO-VERTIE, CETTE FILLE.
HA HA HA !
JE SUIS SURPRISE QUE TU AIES DES AMIES COMME ÇA !
NE SOYEZ PAS VACHES, ELLE EST GEN-TILLE.
...
BON, ON PART DEVANT. TU NOUS REJOINS !
NON, JE VIENS AVEC VOUS.
BAA

TIENS ?
AKEMI !
KAJI ?
ÇA FAIT LONG-TEMPS. ÇA VA ?
ÇA... ÇA VA.
BLUSH
QU'EST-CE QUE TU FICHES TOUTE SEULE ICI ?
NE ME DIS PAS QUE... HA HA ! ENCORE SUR TES JEUX VIDÉO ?
DÉCIDÉMENT, TU NE CHANGES PAS !
AKEMI, QU'EST-CE QUE TU FAIS ?
C'EST QUI ?
UNE AMIE DU COLLÈGE.

GLING
KOTORI
Ibuki, tu es là ?
...
BIEN SÛR QUE NON.
ELLE N'EST PAS LÀ.
AKEMI ! ON NOUS A DIT DE FAIRE DIX FOIS LE TOUR DE LA COUR.
C'EST VRAI ? BON, OK.

BOM
PAR ICI !
LA PASSE ! LA PASSE !
OUPS...
AH !
POT
DÉSOLÉ. ÇA VA ?
OUI... ÇA VA..

JE VOUS AI ASSEZ VUES.
ON VA GRIGNOTER UN TRUC ?
J'AI LA DALLE.
KSAA
...

COMMENT TU SAIS ÇA ?!
PARDON, C'ÉTAIT CENSÉ ÊTRE UN SECRET ?
C'EST KOTORINETTE QUI ME L'A DIT.
MOI, JE NE FAIS QUE RÉPÉTER.
COMME JE T'ENVIE ! TU FAIS QUOI PAR EXEMPLE ?
DES PUBS TÉLÉ ? DES PHOTOS ?
ÇA DOIT ÊTRE INCROYABLE.
C'EST LA PREMIÈRE FOIS QUE J'AI UNE AMIE MANNEQUIN.
JE VAIS POUVOIR M'EN VANTER.
MOI, PARMI LES MANNEQUINS, JE SUIS FAN DE KENGO.
J'ADORERAIS POUVOIR LE RENCONTRER ! ♡
VOYONS, HARADA, ÇA NE SE FAIT PAS DE DEMANDER COMME ÇA !
OOH... POURQUOI ? ÇA NE DOIT PAS LA DÉRANGER !
RIDICULE.
VOUS ÊTES TOUTES LES MÊMES.
HEIN ?

COMME JE SUIS CONTENTE ! ÇA FAISAIT LONGTEMPS QUE JE VOULAIS FAIRE TA CONNAISSANCE. ♡
TU ES SÛRE QUE TU NE VEUX PAS PLUTÔT TE METTRE AVEC KAJI ? VOUS AVEZ L'AIR DE BIEN VOUS ENTENDRE TOUTES LES DEUX.
BOF.
HOOO...
C'EST ÇA ? VOUS ÊTES FÂCHÉES ?
VOUS ÊTES FÂCHÉES ?
HAAAN
AU FAIT, IL PARAÎT QUE TU ES MANNEQUIN ? ÇA DOIT ÊTRE SUPER...

HEIN ?
...
OK.
VRAI ?
TU VEUX BIEN ?
SUPER ! ♡ ALLONS-Y !

AH...
QUE FAIRE ?
J'AI ENVIE DE LUI PARLER.
...
"IBUKI...
"... ON VA EN COURS...
"... EN-SEMBLE ?"
I...
IBUKIII !
ON Y VA ENSEM-BLE ?
AU COURS DE TRAVAUX DOMES-TIQUES ! ♡

BOM
FAIS ATTEN-TION !
PORTE AUTOMA-TIQUE
QU'EST-CE QUI T'ARRI-VE ?
IDIOTE...
NON. PAS PAR LÀ.
TAC
C'EST QUOI LE COURS SUIVANT ?
POUR LES FILLES, C'EST TRA-VAUX DOMES-TIQUES.
J'AI OUBLIÉ AUSSI.

DANS LE FOND, C'EST SÛREMENT ÇA L'EXPLI-CATION.
"DIRE QUE J'AVAIS CRU QUE NOUS POURRIONS DEVENIR AMIES. IL FAUT CROI-RE QUE JE ME TROM-PAIS."
SI ELLE NE ME CONSI-DÉRAIT PAS COMME UNE AMIE...
... ELLE N'AVAIT AUCUNE RAISON DE ME DIRE LA VÉRITÉ.
SAUF QU'EN PLUS, IL A FALLU QUE J'AILLE ME PRÉOCCUPER DE RUMEURS QUI NE ME CONCER-NAIENT PAS...
ON VA MANGER UN MORCEAU ?

OU PLUTÔT, ÇA AURAIT DÛ L'ÊTRE...
... SI SEULEMENT...
"NOUS NE SOMMES PAS AMIES."

IBUKI EST...
... HIKARU.
ET AUSSI...
... LA FAMEUSE MANNEQUIN LUKA.
JE NE M'ÉTAIS APERÇUE DE RIEN.
HIKARU, CE PERSONNAGE QUI M'A TOUJOURS AIDÉE ET SOUTENUE.
POURQUOI NE ME L'A-T-ELLE PAS DIT DÈS LE DÉBUT ?
QUE LUI ET IBUKI NE FASSENT QU'UN... C'EST FANTASTIQUE !

QU'EST-CE QUE C'EST QUE ÇA ?
R-V Studio photographe 18:00 pour hebdo
Pas de travail !
Photos pub maquillage Studio Shibuya
Cameraman
Photos mag fémini
Photos
Photos pour album ! 13:30
R-V agent 19:00
Photos pour couverture de mensuel ! 9:00
J'ai hâte !
Réunion à l'agence.
19:00~21:00
Manucure 10:00
Photos Studio Akasaka
FAIS VOIR ?
...
IBUKI... ELLE EST MANNEQUIN ?!
OUAH !
TU AS LA TÊTE DE QUELQU'UN QUI PRÉPARE UN MAUVAIS COUP.
GNÉH ?!

TU ES SÛRE QUE C'EST UNE BONNE IDÉE ?
MOI, JE NE SUIS PAS TRÈS RASSURÉE, HARADA...
ARRÊTE DE FLIPPER. OUVRONS-LE.
C'EST... C'EST LE SAC D'IBUKI...
ET ALORS ? JUSTEMENT ! ELLE LE MÉRITE.
TU NE TE RAPPELLES PAS CE QU'ELLE A FAIT AU COURS DE CUISINE ?!
GRRRR
...
C'EST FOU CE QUE TU ES RANCUNIÈRE, HARADA...
OUAAAH !

HOP
ストン
DIRE QUE J'AVAIS CRU QUE NOUS POURRIONS DEVENIR AMIES. IL FAUT CROIRE QUE JE ME TROMPAIS.
I...
IBUKI !
...

IBUKI...
... EST
HIKARU ?
C'EST BIEN CE QUE JE CRAI-GNAIS.
TU ES COMME TOUS LES AUTRES. TU PROPAGES LES RUMEURS QUI PEUVENT TE RENDRE INTÉRESSANTE, SANS MÊME CHERCHER À SAVOIR SI ELLES SONT VRAIES OU NON.
HEIN...?

...
IBUKI EST LE MANNEQUIN LUKA, ET EN MÊME TEMPS HIKARU ?
...
HEIN ? HIKARU EST MANNEQUIN ? MANNEQUIN EST HIKARU ?
LUKA EST MANNEQUIN ET HIKARU ET IBUKI ? LUKA EST HIKARU ET IBUKI EST QUI ?
JE N'Y COMPRENDS PLUS RIEN !
...

A ROMANTIC LOVE STORY
16TH LESSON

NOUS NE SOMMES PAS AMIES.
IBUKI !

PAS ENCORE.

NOUS NE SOMMES PAS AMIES.

I…

HEIN ?
HIKA-RU...?
NOUS NE SOMMES PAS AMIES.
ZAA

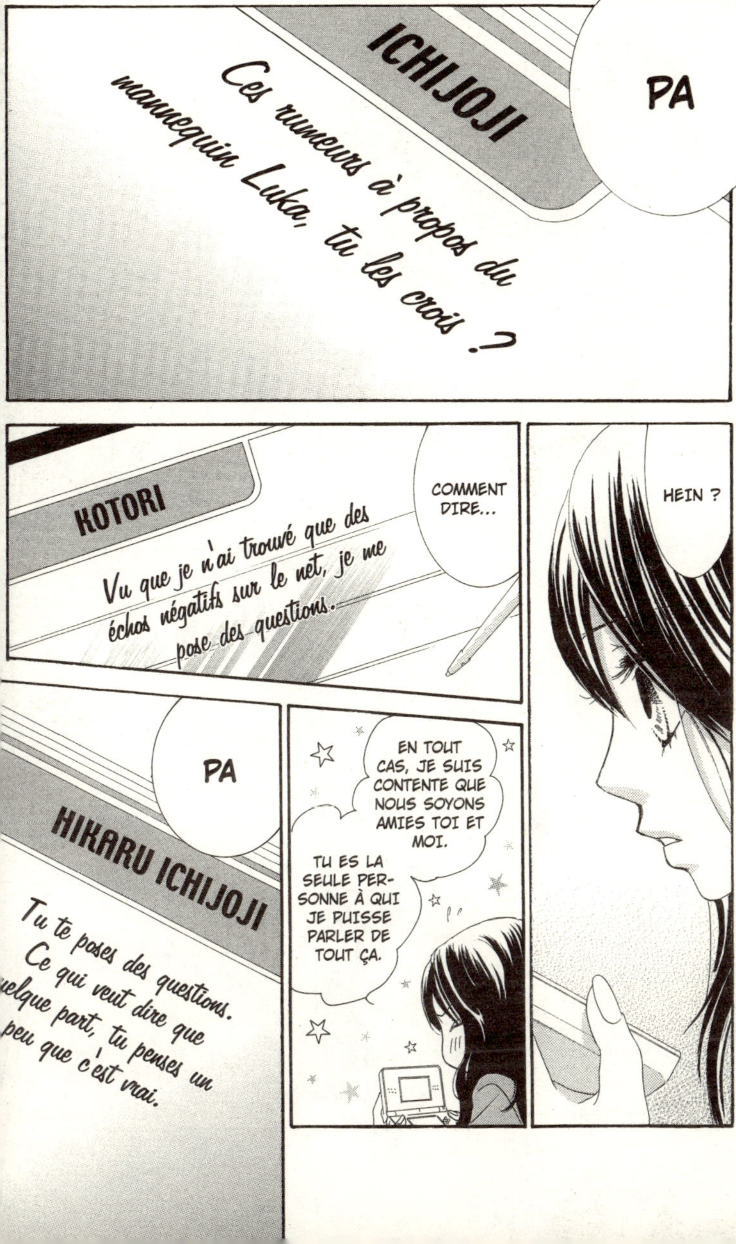
PA
ICHIJOJI
Ces rumeurs à propos du mannequin Luka, tu les crois ?
COMMENT DIRE...
KOTORI
Vu que je n'ai trouvé que des échos négatifs sur le net, je me pose des questions.
HEIN ?
PA
HIKARU ICHIJOJI
Tu te poses des questions. Ce qui veut dire que quelque part, tu penses un peu que c'est vrai.
EN TOUT CAS, JE SUIS CONTENTE QUE NOUS SOYONS AMIES TOI ET MOI.
TU ES LA SEULE PERSONNE À QUI JE PUISSE PARLER DE TOUT ÇA.

BIP
MÊME QUAND ON S'INTÉRESSE À MOI, JE GÂCHE TOUT.
HIKARU ICHIJOJI
Quand on veut dire ce qu'on pense, c'est toujours le premier pas qui est difficile. Il faut se jeter à l'eau. En général, ça tourne plutôt bien.
KOTORI
C'EST VRAI.
TU AS RAISON.
Tu as raison. Et puis je suis une idiote. Ces jours-ci, je n'arrête pas de me tracasser à cause de ce mannequin... Luka. Alors que je ne l'ai même pas rencontrée. J'ai lu plein de mauvaises choses à son sujet, alors quelque part, j'ai fini par avoir l'impression qu'une fille qui lui ressemble physiquement ne pouvait être que pareille du point de vue du caractère. Je suis bête.
D'AUTANT PLUS QUE MÊME SI YUKITO A DIT QUE C'ÉTAIT SON TYPE DE FILLE EN PHOTO, RIEN NE DIT QU'IL TOMBERAIT AMOUREUX D'ELLE...
... S'IL LA RENCONTRAIT PERSONNELLEMENT.
...

J'AVAIS BESOIN DE TE PARLER.
KOTORI
Je n'y arrive toujours pas.
...
HIKARU ICHIJOJI
À quoi ?
PA
IL Y A UNE FILLE AVEC QUI JE M'ENTENDS BIEN. JE SENS QU'ON POURRAIT DEVENIR AMIES.
MAIS QUE CE SOIT AVEC ELLE OU AVEC YO... JE N'ARRIVE TOUJOURS PAS À ÊTRE FRANCHE ET NATURELLE, NI À DIRE CE QUE J'AI SUR LE CŒUR.
À CHAQUE FOIS, JE ME POSE PLEIN DE QUESTIONS SUR LA FAÇON DONT MON INTERLOCUTEUR VA ME JUGER. JE NE PEUX PAS M'EN EMPÊCHER.

...
GLING
HIKARU ICHIJOJI
Salut, ça fait longtemps.

ÇA N'A PAS L'AIR D'ALLER.
HEIN ?
EUH... SI, SI. TOUT VA BIEN.
IL Y A UN PROBLÈME ?
SI OUI, N'HÉSITE SURTOUT PAS À M'EN PARLER.
ÇA... ÇA VA. JE T'ASSURE.
C'EST VRAIMENT TRÈS GENTIL DE TA PART DE T'INQUIÉTER. MERCI.
TU VOULAIS ME DIRE QUELQUE CHOSE, TOUT À L'HEURE ?
NON, ÇA VA.
CE N'ÉTAIT RIEN.

ET SI...
ET SI JE PARLAIS DE MES PROBLÈMES À IBUKI ?
JE SUIS SÛRE QU'ELLE ME DONNERAIT ENCORE DE BONS CONSEILS !
EN MÊME TEMPS...
NON. JE NE PEUX PAS FAIRE ÇA. CE SERAIT ABUSER. ELLE M'A DÉJÀ AIDÉE L'AUTRE JOUR...
?
ELLE VA TROUVER QUE J'ABUSE.
AH...
AU FAIT...
J'AI UN PETIT CADEAU POUR TOI.
JE M'EN SUIS ACHETÉ UN POUR MOI AUSSI, VU QUE C'ÉTAIT MIGNON...
QU'EST-CE QU'IL Y A ?

TU M'AS SURPRISE.
JE PENSAIS QUE TU NE VIENDRAIS PAS EN CLASSE AUJOURD'HUI NON PLUS.
JE SUIS CONTENTE DE TE VOIR.
AH BON ?
OUI. JE VOULAIS TE REMERCIER POUR LA DERNIÈRE FOIS. SANS TES CONSEILS, LES CHOSES N'AURAIENT FAIT QUE S'ENVENIMER ENTRE MON COPAIN ET MOI.
TANT MIEUX. ALORS MAINTENANT, TOUT VA BIEN ?
EUH...
OUI... ENFIN, ON PEUT DIRE ÇA...
HÉ HÉ.
DISONS QUE... TOUT N'EST PAS PARFAIT, MAIS BON.

...
FUUH
KOTORI !
OUAH !
I...
IBUKI ?!

PAGES TROUVÉES SUR LES SITES WAP (19 600)
LUKA SUR WIKISTARS → LUKA MANNEQUIN DONT LE PROFIL EST PRESQUE ENTIÈREMENT SECRET
FORUM DES GENS QUI DÉTESTENT LUKA ☆
J'ÉTÉ EN CLASSE AVEC ELLE O COLÈGE, ELLE SE TAPER TOUT LES MECS.
ELLE PU LA FIERTÉS JE PEU PAS LA BLAIRÉE.
C TROP UNE FEMME À HOM.
ELLE N'A PAS L'AIR SYMPA ÇA SE VOIT SUR SON VISAGE.
QUI EST LUKA ? - BLOG blog
PROFIL - PUBS - PHO- .CM TOS - INFOS DIVERSES
TOUTES LES NEWS SUR LUKA
26 ARTICLES DISPONIBLES
LUKA, LE MANNEQUIN AUX MILLE SECRETS
ELLE EST PARTOUT. MAIS QUI EST-ELLE VRAIMENT ?
ELLE N'A VRAIMENT PAS UNE BONNE RÉPUTATION...
IL Y EN A PLEIN QUI DISENT QU'ELLE LEUR A PIQUÉ LEUR PETIT AMI...
VOILÀ QUE JE VAIS JUSQU'À CHERCHER DES INFORMATIONS SUR ELLE...
JE DOIS BIEN ADMETTRE QUE ÇA M'IN-QUIÈTE...
...
YUKITO SE TROMPE : JE NE SUIS PAS EN COLÈRE.
MAIS JE N'AI PAS CONFIAN-CE EN MOI.

LES YEUX MI-CLOS ...
BAA
JE N'Y PENSAIS PLUS. LA HONTE ! SI ÇA SE TROUVE, JE DORS TOUJOURS COMME ÇA ?
SI C'EST LE CAS, JE NE DORMIRAI JAMAIS DANS LE MÊME LIT QUE YUKITO !
À QUOI JE PENSE, MOI... ?
CLAP
Geegle
RECHERCHE
MANNEQUIN LUKA
RECHERCHE AVANCÉE
RECHERCHE PAR CATÉGORIES
...
CLIC

HAAA...
COMMENT A-T-IL PU PENSER QUE JE VOULAIS QU'IL M'EMBRASSE ?
JE N'ÉTAIS ABSOLUMENT PAS DANS CET ÉTAT D'ESPRIT-LÀ.
JE NE COMPRENDS VRAIMENT RIEN AUX GARÇONS...
...
UN "AIR SUGGES-TIF"... JE ME DEMANDE BIEN CE QUE ÇA PEUT ÊTRE.
RIEN À FAIRE, JE NE VOIS PAS.
"TU DORMAIS AVEC LES YEUX MI-CLOS."

IL FAUDRAIT FAIRE ATTENTION, ALORS. ET EN PREMIER LIEU...
... LE REGARD PAR EN DESSOUS : TU ÉVITES !
C'EST À TOI DE FAIRE ATTENTION À NE PAS AVOIR L'ESPRIT MAL PLACÉ !
JE NE SUIS ABSOLUMENT PAS D'HUMEUR POUR UN BAISER !
TU M'AS FAIT PEUR !
QU'EST-CE QU'IL A, YUKITO ?
ÇA N'A PAS L'AIR D'ALLER.
ON LUI A DIT QU'IL FAISAIT PEUR QUAND IL ESSAYAIT D'EMBRASSER.
AH, FORCÉMENT... IL Y A DE QUOI DÉPRIMER.

...
QUE...
QU'EST-CE QUE TU FAIS ?
ÇA NE VA PAS, DE ME PRENDRE PAR SURPRISE COMME ÇA ?
HEIN ?
?!
C'EST POURTANT TOI QUI VOULAIS QUE JE T'EMBRASSE !
QUE... QUE TU M'EMBRASSES ?
JE N'AI JAMAIS DIT ÇA !
TU ME REGARDAIS D'UN AIR SUGGESTIF.
ABSOLUMENT PAS !

ス
SUU
HEIN ?
QUE ...?
QUE ...?
QUE ...?
QUE ...?
QUE ...?
QUE FAIT-IIIIL ?!
TAC

CE...
... SENTI-MENT...
...
... JE NE CROIS PAS QUE CE SOIT DE LA COLÈRE.
DE LA JALOUSIE. PARTIELLEMENT. ÇA C'EST CERTAIN.
QU'EST-CE...
... QUI NE VA PAS ?
MAIS...

... POUR MOI ?
BAA
...
JE...
JE M'ÉTAIS LASSÉE DE L'ANCIENNE. C'EST TOUT.
HON HOOON...

...
TES CHEVEUX... ILS NE SONT PAS COMME D'HABITUDE.
SE POURRAIT-IL QUE TU AIES CHANGÉ DE COIFFURE...

NON... JE NE LE SUIS PAS.
ENFIN, JE CROIS...

C'EST BIEN CE QUE JE PENSAIS. TU ES EN COLÈRE À CAUSE DE ÇA.
N...
NON. ABSOLU-MENT PAS.
J'AI DIT ÇA COMME ÇA, SUR LE COUP. IL NE FAUT PAS LE PRENDRE AU SÉRIEUX.
"SUR LE COUP" ?!
TU TE MOQUES DE MOI ?
TU VOIS QUE TU ES EN COLÈRE ?

QUE...?
QUOI ?
A... AVEC LES YEUX MI-CLOS ?!
ENCORE ?
!?
PFFFRT
E...
EFFACE ÇA TOUT DE SUITE !
DONNE-MOI CE TÉLÉPHONE.
JAMAIS DE LA VIE.
ÇA T'APPRENDRA À DORMIR QUAND TU ES AVEC MOI. JE VAIS LA METTRE EN FOND D'ÉCRAN.
SUR-TOUT PAS !
TU AS MÊME PARLÉ DANS TON SOMMEIL. MÊME QUE TU AS DIT : "CE N'EST PAS DU TOUT MOI".
ÇA VOULAIT DIRE QUOI ? HI HI HI.
TU SAIS TRÈS BIEN CE QUE ÇA VOULAIT DIRE ! JE N'AI PAS PU FERMER L'ŒIL HIER SOIR, ET C'EST DE TA FAUTE !

...
UN ZOMBIE ?
HIN HIN
CLIP
CE N'EST PAS DU TOUT MOI !
GNUUH ?!
...
OÙ SUIS-JE ?
JE DOR-MAIS ?
OUI. AVEC LES YEUX MI-CLOS.

TU…
… N'AS PAS DIT UN MOT DEPUIS CE MATIN.
C'EST À CAUSE DE CE QUE J'AI DIT AU TÉLÉPHONE HIER ? TU M'EN VEUX ?
DIS QUELQUE CHOSE ! JE NE PEUX PAS LIRE DANS TES PENSÉES.
…
ALORS ?
RÉP…

CE TRUC...
...
HI HI
ÇA LUI RESSEMBLE.
QU'EST-CE QUE TU FA-BRIQUES ?
ON Y VA.

C'EST SÉRIEUX ENTRE VOUS DEUX ?
QUOI ?
QU'EST-CE QU'IL Y A ?

OUPS...
ON DIRAIT QUE ÇA A COUPÉ.
JE LA RAPPELLE ?
NON... J'AURAIS L'AIR DE VOULOIR ME JUSTIFIER.
AU FAIT, YUKITO...
... HIER, J'AI VU LA COPINE DE RYOSUKE.
IL PARAÎT QU'ILS ONT ROMPU ?
SÉRIEUX ?
ELLE M'A DIT QU'ELLE AVAIT TROUVÉ LA PHOTO D'UNE FILLE DONT RYOSUKE ÉTAIT AMOUREUX AU COLLÈGE SUR SON PORTABLE. ILS SE SONT DISPUTÉS À CAUSE DE ÇA.
AH OUAIS ?
AU FAIT...
... C'ÉTAIT LA COPINE DE YUKITO AU TÉLÉPHONE TOUT À L'HEURE ?
LA COPINE DE YUKITO, C'EST BIEN...
... LA FILLE QU'ON A VUE UNE FOIS AU KARAOKÉ ?
ELLE ? JE CROYAIS QUE C'ÉTAIT UNE BLAGUE !

C'EST SIMPLE.
90 60 90 !
ATTENTION : PAS PAR JAMBE.
LA VIEILLE BLAGUE.
À PLUS !
...
SON TYPE DE FILLES...
C'EST DONC BEL ET BIEN LE TYPE "MANNEQUIN".
C'EST-À-DIRE...
... PAS MOI.

TON GENRE DE FILLES, C'EST QUOI ?
PARDON ?
ARGH !
OU... OUBLIE CE QUE JE VIENS DE DEMANDER. EUH...
QU'EST-CE QUI TE PREND, TOUT À COUP ?
RIEN... CE N'EST RIEN.
...
MON...
MON GEN-RE DE FIL-LES ...
...
TOUT OUIE.
GASP

"C'EST MON GENRE."
NON, JE T'ASSURE. CE N'ÉTAIT QU'UNE FAUSSE MANŒUVRE.
TU ES SÛRE ? ÇA N'A PAS L'AIR D'ALLER TRÈS FORT.
QUE FAIRE... ?
J'AI ENVIE DE LUI DEMANDER...
J'AI BESOIN DE SAVOIR...
S'IL Y A UN PROBLÈME, IL NE FAUT PAS HÉSITER À EN PARLER.
TON...

TU AS ESSAYÉ DE M'APPELER ?
DÉ... DÉSOLÉE...
POUR-QUOI ?
JE NE PEUX TOUT DE MÊME PAS LUI DEMANDER DE BUT EN BLANC : "TU LA CONNAIS, CETTE FILLE ?"
JE... J'AI FAIT UNE FAUSSE MANŒU-VRE.
QUELQUE CHOSE NE VA PAS ?

...
バッ
CLAP
AKKI... QU'EST-CE QU'ELLE EST MIGNONNE !
MESSIRE, VOUS AVEZ UN APPEL.
TU M'ÉTONNES.
MES...
ÇA A COUPÉ...
BIZARRE...
IL Y A UN NUMÉRO ?
HMM...
KOTORI
QU'EST-CE QUI M'A PRIS D'ESSAYER DE L'APPELER ?
JE FAIS N'IMPORTE QUOI...
J'AI RACCROCHÉ.
BRRRR
GLOUPS

BAH !
DE QUOI JE M'INQUIÈTE ?
JUSQU'À PREUVE DU CONTRAIRE, CE N'EST PAS ELLE ! JUSTE UNE FILLE QUI LUI RESSEMBLE BEAUCOUP !
RIEN DE PLUS !
...
OUI... UNE FILLE QUI LUI RESSEMBLE VRAIMENT BEAUCOUP.
"SEXY, NON ?"
"LA FILLE EST MON GENRE."
JE...
JE N'AI RIEN À CRAINDRE. MÊME SI ELLE LUI RESSEMBLE...
ÇA NE VEUT RIEN DIRE !
OH, LÀ LÀ... ELLE EST SUPER BELLE. ET ELLE EST DANS LE MÊME LYCÉE QUE MOI...
CATASTROPHE.
EN PLUS, ELLE EST FORTE AUX JEUX VIDÉO.
TU PARLES TOUTE SEULE, MAINTENANT ?
L'ABUS DE JEUX VIDÉO, ÇA FINIT PAR ATTEINDRE LE CERVEAU ON DIRAIT.
GRAND FRÈRE ! QUI T'A PERMIS D'OUVRIR CETTE PORTE ?!
VLAM
HIN HIN !

IL N'Y A PAS À DIRE...
ÇA LUI RESSEMBLE.
...
EN PLUS, EN CHERCHANT BIEN, J'EN AI TROUVÉ PLEIN.
CE QUI VEUT DIRE QU'ELLE A DU SUCCÈS !
...
modèle: Luka
LUKA...

...
NE FAIS PAS SEMBLANT D'HÉSITER.
EN...
ENTRER ? MAINTENANT ?
OUI, CRUCHE.
POU...
POURQUOI "CRUCHE" ?!
...

SON DOIGT BOUGE TELLEMENT VITE QUE JE N'ARRIVE PAS À SUIVRE LE MOUVEMENT !
QU'EST-CE QUE TU FAIS ?
DODOM
RI... RIEN DU TOUT !
*CERCLE DE JEUX VIDÉO
TU AS DÉCIDÉ D'Y ENTRER ?
ABSOLUMENT PAS.
ALLONS... POURQUOI TE PRIVER ?
JE NE ME PRIVE PAS.
POURTANT, TU AIMES ÇA, LES JEUX.
EUH ...

...
TU PAR-LES !
OU ALORS C'EST UN CLONE.
EN PLUS...
... ELLE EST FORTE !
Excellent!!

ELLE EST ÉLÈVE ICI ?!
くる
FLIP
← ELLE ESSAIE DE SE FAIRE TOUTE FINE POUR SE CACHER.
ÉVITONS DE NOUS APPROCHER D'ELLE.
DRÔLE DE FILLE.
NON. SOIS RÉALISTE.
CE N'EST ...
... PAS POS-SIBLE.
ELLE LUI RES-SEMBLE.
OUI... ELLE LUI RES SEMBLE C'EST TOUT.
C'EST TOUT.

CETTE FILLE... JE L'AI DÉJÀ VUE !
LA... LA PHOTO, DANS LE MAGAZINE...

a ROMANTIC LOVE STORY 1
15TH LESSON

CETTE FILLE... ?! C'EST...

J'AIMERAIS BIEN LUI DIRE MERCI POUR HIER.
HM ?
*CERCLE DE JEUX VIDÉO
CERCLE DE...
... JEUX VIDÉO ?!
ALORS C'EST ICI... LA SALLE DU CERCLE DE JEUX VIDÉO...
IL EXISTE DONC BEL ET BIEN.
OH...
C'EST OUVERT.
...
JUSTE ...
JUSTE UN PETIT COUP D'ŒIL.

BLA
CUI-CUI ! TU MANGES QUOI, CE MIDI ?
KRAA
J'AI APPORTÉ UN PANIER-REPAS.
BLA
MOI, IL FAUT QUE J'AILLE M'ACHETER UN TRUC À LA CAFÈT'. TU M'ATTENDS DEHORS ?
OK.
...
IBUKI...
ELLE N'EST PAS LÀ, AUJOURD'HUI.

AH...
AH BON ? ME... MERCI.
HÉ HÉ ! POURQUOI "MERCI" ?
PFFRT
TU ÉTAIS EN TRAIN DE FAIRE QUOI ?
EUH ...
JE... JE N'ÉTAIS PAS EN TRAIN DE JOUER À *DOKI-MEMO*, SI C'EST CE QUE TU VEUX SAVOIR.
...
ARRRGH !
...
JE PARIE QUE SI.
N...
NON ! JE T'AS-SURE !
ALLEZ, AVOUE.
JE T'AI DÉRANGÉE EN PLEIN MILIEU D'UNE SCÈNE IMPORTAN-TE, C'EST ÇA ?
CO... COMMENT TU SAIS ÇA ?
EH BIEN. MOI QUI ME FAISAIS DU SOUCI.
QUE... QU'EST-CE QUE J'AI FAIT DE MAL ? POURQUOI TU ES SI EN COLÈRE ?
J'AI MES RAI-SONS.

BRR
BRRRR
BRR
OH NON ! EN PLEIN MILIEU D'UNE SCÈNE IMPORTANTE.
OUI...
... ALLÔ ?
CUI-CUI ?
C'EST MOI.
YU...
YUKITO ? QU'EST-CE QU'IL Y A ?
RIEN.
JE VOULAIS JUSTE ENTENDRE TA VOIX.

...
CLIC
CLIC
No 072
EFFACER IMAGE ?
OUI
NON
CLIC

DITES DONC, VOUS DEUX !
ARRÊTEZ DE MANGER CES COCHONNERIES !
VOUS N'ALLEZ PLUS AVOIR DE PLACE POUR LE DÎNER.
HU HU
...
J'AI TROP MANGÉ...
ILS ONT MAL AU VENTRE.
ALLEZ, SALUT.
JE T'ENVOIE UN MAIL PLUS TARD.

OH...
NOUS ARRIVONS PRESQUE AU BOUT DU STOCK.
JE PRENDS CELUI-CI.
HÉ ! C'EST LE DERNIER AUX BOULETTES DE PIEUVRE !
JE PRENDS TOUS LES DERNIERS D'UN COUP !
もふっ もふっ
CHOMP CHOMP
HÉÉÉÉÉÉ !
'FALLAIT ÊTRE PLUS RAPIDE !
LÂCHE ÇAAAAA !

TU ES MON MEILLEUR AMI.
ÇA M'EMBÊTERAIT DE FAIRE SEMBLANT.

SI JE DEVAIS...
... T'AVOIR COMME RIVAL, JE ME BATTRAIS LOYALEMENT, ET DE TOUTES MES FORCES.

... QUE JE L'AIME, QU'EST-CE QUE TU FERAIS ?

HIER, TU LUI AS DIT QUE TU NE TE SOUVENAIS DE RIEN POUR LE BAISER.
MAIS EN FAIT, TU TE SOUVIENS DE TOUT, N'EST-CE PAS ?
JE TE CONNAIS DEPUIS LONG-TEMPS. JE LE SENS QUAND TU MENS.
...
SI JE TE DISAIS...

CE QUE JE PENSE D'ELLE ?
C'EST UNE OTAKU.
AH, ÇA, TU PEUX LE DIRE. ELLE A MÊME UN PERSONNAGE VIRTUEL FAVORI : UN CERTAIN HIKA-RU, DANS UN JEU SENTI-MENTAL…
MAIS QU'EST-CE QUE JE RACONTE, MOI ?!
TU M'AS BIEN EU.

TA COPINE ?
OUI.
JE M'ÉTAIS LAISSÉ AVOIR PAR SON TOUR DE POITRINE. ÇA M'APPREN-DRA À FAIRE PLUS ATTEN-TION.
モリ
モリ
CRUNCH
CRUNCH
...
QU'EST-CE...
... QUE TU PENSES DE KOTORI, AU JUSTE ?

YUKITO. JE N'AI JAMAIS GOÛTÉ CELUI AU PARFUM "CREVETTE-MAYONNAISE". LAISSE-LE-MOI.
TIENS.
ALORS MOI, J'EN PRENDS UN AUX BOULETTES DE PIEUVRE.
EXCELLENT CHOIX !
J'AIME BIEN CEUX AU SOJA FERMENTÉ, AUSSI.
TU L'AS BIEN CASSÉ ! TU L'AS BIEN CASSÉ !
TON PORTABLE SONNE.
TU L'AS BIEN CASSÉ ! TU L'AS BIEN CASSÉ !
LAISSE. ÇA VA S'ARRÊTER.
C'EST TA COPINE ?
DE TOUTE FAÇON, ELLE CROIT QUE JE SUIS HOMO.
QUOI ?
LA VÉRITÉ EST TROP DIFFICILE À EXPLIQUER, ALORS... SI JE LE DEVENAIS POUR DE BON ?
HOMO.
GLOLIPS
ARRÊTE.
JE CROIS QUE JE NE L'AIMAIS PAS TANT QUE ÇA, DE TOUTE FAÇON.

POURQUOI ELLES SONT TOUJOURS COMME ÇA, LES FILLES ? C'EST PÉNIBLE.
ARRRGH !
LES UMAI-BO ! MES FRIANDISES PRÉFÉRÉES !
IL N'Y EN A PLUS UN SEUL !
D'HABITUDE, IL Y EN A TOUJOURS UN STOCK ! QUELQU'UN A TOUT ACHETÉ !
AVEC QUOI JE VAIS ME PASSER LES NERFS, MAINTENANT ?
KSCHA
SI TU EN VEUX, JE PEUX PARTAGER.
HÉ HÉ !
OUAAAAH ! LE SAC AUX MILLE TRÉSORS.

JE NE VEUX PAS QU'IL Y AIT UNE PART DE TOI QUI ME SOIT INTERDITE !
JE NE LE SUPPORTERAI PAS !
...
DÈS QUE TU VOIS UNE FILLE UN PEU MIGNONNE, MÊME À LA TÉLÉ, TU LE DIS ! ET MAINTENANT, JE DÉCOUVRE QUE TU AS DES PHOTOS D'INCONNUES SUR TON PORTABLE !
JE COMMENCE À ME DEMANDER SI TU NE ME TROMPES PAS !
RAAAAAAH
TU AS FINI, OUI ? TU ME FATIGUES.
OUPS...
J'Y SUIS PEUT-ÊTRE ALLÉ UN PEU FORT.
24時間

LÂCHE CE TÉLÉPHONE.
C'EST LOUCHE.
C'ÉTAIT QUI, LA GRELUCHE SUR LA PHOTO ?
UNE VIEILLE CONNAISSANCE.
PLUS PRÉCISÉMENT ? JE VEUX SON NOM !
ÇA T'AVANCERAIT À QUOI DE LE SAVOIR ? C'EST DU PASSÉ. ÇA NE TE REGARDE PAS.
ON S'ÉTAIT PROMIS DE NE JAMAIS RIEN SE CACHER, QUAND ON A DÉCIDÉ DE SORTIR ENSEMBLE !
LE PASSÉ, C'EST LE PASSÉ.
ET MAINTENANT, C'EST MAINTENANT.
CELLE AVEC QUI JE SORS MAINTENANT, C'EST TOI. IL Y A UN PROBLÈME AVEC ÇA ?
TU NE COMPRENDS RIEN, RYO !
TU AVAIS PROMIS DE NE RIEN ME CACHER, MÊME TON PASSÉ !
HEIN ?

TAC
AKI !
AÏE !
QU'EST-CE QUE C'EST QUE ÇA ?!
QU'EST-CE QUI TE PREND ?!
...
EN FAIT, TU... TU ES...
NON. JE T'INTERDIS DE FINIR TA PHRASE.
C'EST UN VIEUX COPAIN.
ON A FAIT ÇA POUR RIGOLER.
HON HOOON...
ET ÇA ?
ÇA AUSSI, C'EST "POUR RIGOLER" ?

C'EST DE LA PART DE YUKI-TO...
...
LE FOUR-BE.
JE N'EN VEUX PAS, DE CETTE PHOTO, MOI.
HÉÉÉÉÉ !
QU'EST-CE QUE C'ÉTAIT QUE ÇA ? LA PHOTO !

HAAAAA.
TU L'AS BIEN CASSÉ !
TU L'AS BIEN CASSÉ ! TU L'AS BIEN CASSÉ !

SERRE
NOUS SOMMES DÉCIDÉMENT MEILLEURS QUAND IL PLEUT.
OUI.

TU VAS
ME LE
PAYER !
KYAAAAH !
ATTAQUE
DE L'AIS-
SELLE !
ARRRRGH !
FLASH
OUAH...
C'ÉTAIT
UN
ÉCLAIR.
OUPS
...
TIC

MAINTENANT, JE TE PARDONNE.
PAA
パッ
TILT
BAH... C'EST UN PEU COMME SI J'AVAIS EMBRASSÉ MASAKI INDIRECTEMENT. ALORS BERK.
...!
HÉ HÉ.
FROTTE
QUE...
QU'EST-CE QUI TE PREND ?!
...
FROTTE

CUI-CUI... TU NE COMPRENDS DÉCIDÉMENT RIEN AUX GARÇONS.
POURQUOI TU DIS ÇA ?
FIXE
DODOM
QUE...
QU'EST-CE QU'IL Y A ?

SNIF
SNIF
SNIF
?!
DE TOUTE FAÇON...
... MÊME SI TU SENTAIS MAUVAIS, JE M'EN FICHERAIS COMPLÈTEMENT !
...
ÇA VA.
TU NE SENS PAS MAUVAIS.
TU NE SENS MÊME RIEN DU TOUT.
TU ES INCROYABLE.

JE SENS MAUVAIS. J'AI BEAUCOUP TRANSPIRÉ.
J'AI COURU DE TOUTES MES FORCES, TOUT À L'HEURE.
ENTRE LA SUEUR ET LA PLUIE, JE SUIS TOUT POISSEUX.
ET PUIS... ÇA NE VA PAS DE PRENDRE LES GENS PAR SURPRISE COMME ÇA ?
BLUSH
ごにょ ごにょ
?

POF
QUE… QU'EST-CE QUI TE PREND !
ATTEN-TION !
JE N'ARRIVE PAS À ME CONTRÔ-LER.
J'AI ÉTÉ PRISE DE L'ENVIE DE FAIRE ÇA, SOUDAINE-MENT.
…
… JE T'AI DIT DE NE PAS ME COLLER.
POUR-QUOI ? JE CROYAIS QUE TU N'ÉTAIS PLUS EN COLÈRE ?
CE… CE N'EST PAS LE PROBLÈ-ME.

がばっっ
JUMP

JE LUI AI REPRIS TON PREMIER BAISER.
QUANT AUX MAILS, NOUS SOMMES TOUS LES DEUX ÉGA-LEMENT RES-PONSABLES.
ALORS FAISONS COMME S'ILS N'AVAIENT JAMAIS EXISTÉ.

QUOIIIII ?!
QUE... QU'EST-CE QUE C'EST QUE ÇA ?
MA... MASAKI ?!

SI C'EST
À CAUSE DE
RYOSUKE QUE TU
T'EN FAIS, ALORS
ARRÊTE TOUT DE
SUITE DE TE
TRACASSER.
H... HEIN ...?!
...
C'EST BIEN CE QUE JE CRAIGNAIS...
IL SAIT !
J'AI TROUVÉ MA PROPRE SOLUTION.
CLAP

À CAUSE DES MAILS QUE NOUS AVONS ÉCHANGÉS...
... ET DU BAISER QUE J'AI REFUSÉ...
GAAAA!!
EN CRIANT, EN PLUS.
LA MOINDRE DES CHOSES ? ALORS SI ON NE S'EMBRASSE PAS, C'EST QU'ON NE S'AIME PAS, D'APRÈS TOI ? KOTORI
... OU BIEN PEUT-ÊTRE MÊME... À CAUSE DE MASAKI ?
QUELLE "AUTRE FOIS" ?
DE QUOI TU PARLES ?
J'AI TOUT OUBLIÉ.

ET J'AI BIEN DIT EN RAB.
TRÈS CONVAIN-CANT.
PFFFRT
QUOI ?
J'AVAIS CHAUD ! C'EST POUR ÇA QUE JE SUIS TORSE NU. ÇA N'A RIEN À VOIR AVEC TOI.
TU...
TU ES EN COLÈ-RE...
À CAUSE DE L'AUTRE FOIS ?

...
ME...
MERCI POUR LE T-SHIRT.
C'EST BIEN TOI QUI ME L'AS PRÊTÉ, N'EST-CE PAS ?
ぱっ
PAA
NE ME COLLE PAS COMME ÇA. TU ME DONNES CHAUD.
ARGH !
"NE...
"... NE ME COLLE PAS" ?!
C'EST LUI QUI M'A PRISE DANS SES BRAS !
J'EN AVAIS UN EN RAB DANS MON CASIER.
...
PAR HASARD.

OK.
IL EST EN TRAIN...
... DE ME PROTÉGER DE LA PLUIE ?
EH BIEN ! ÇA TOMBE.
DIRE QU'IL FAISAIT SI BEAU TOUT À L'HEURE...

PSCHHH
KYAH !
IL PLEUT !
TAC
OUAH !
COURONS JUSQUE LÀ-BAS.

ドミャーッ
PSCHHH

QUE... ?!
IL...
IL EST TOUJOURS EN COLÈRE ?
COMMENT DIRE... ? IL Y A DES MOMENTS OÙ CERTAINES CHOSES NE SONT PAS POSSIBLES. EN TOUT CAS, JE M'EXCUSE.
KOTORI
C'EST À CAUSE DES MAILS, C'EST ÇA ?
LA MOINDRE DES CHOSES ? ALORS SI ON NE S'EMBRASSE PAS, C'EST QU'ON NE S'AIME PAS, D'APRÈS TOI ?
KOTORI
OU ALORS, IL A APPRIS POUR MASAKI ?
YU...
YUKITO ! ÉCOUTE-MOI !

HA
POUSSE

SERRE
ぎゅう

YUKITO !

1
A ROMANTIC
LOVE STORY
14TH LESSON

YUKITO !

QUE...

HAA
HAA
JE N'ARRIVE PAS DU TOUT À LE RATTRAPER...
...
JE ...
HAAAA
JE N'EN PEUX PLUS.
COURAGE.

CLIC
カチッ
OUAH, YUKITO !
C'EST ENCORE TOI QUI ES LE PREMIER !
J'AI CHAUD.
SÉ-RIEUX ?
EH BIEN !
AU FAIT, QUELQU'UN SAIT CE QUI EST ARRIVÉ À L'AUTRE KAJI ?
HEIN ? KOTORI ?
OUI. TOUT À L'HEURE, ELLE S'EST MISE À COURIR AVEC NOUS.
HA HA HA ! ハハハ
SI ÇA SE TROUVE, ELLE NE S'EST PAS ENCORE RENDU COMPTE QU'ELLE COURAIT AVEC LES GARÇONS.
HI クス
HI クス
ELLE EN SERAIT CAPABLE.
TROP DRÔLE !
HAA ハア
HAA ハア
HAA ハア

OÙ TU VAS ? LES FILLES, CE N'EST PAS MAINTENANT...
DAH
YUKITO !
DISPARU !
RAPIDE !
NOUS NE NOUS SOMMES PAS DIT UN MOT DEPUIS HIER !
IL FAUT QUE JE LE RATTRAPE !
J'AI ENVIE D'ENTENDRE SA VOIX !

C'EST BIEN CE QUE JE PENSAIS !
YUKITO !

METS ÇA.
?
QUI A BIEN PU LAISSER ÇA... ?
OUAH ...
C'EST GRAND.
SERAIT-IL POSSIBLE QUE...

LE PROF A DIT DE DESCENDRE DIRECTEMENT DANS LA COUR.
J'AI PAS ENVIE D'Y ALLER.
ON VA COMMENCER PAR QUOI ? DE L'ENDURANCE, C'EST ÇA ? 1 500 MÈTRES ?
OUI. CE QU'ON N'A PAS PU FAIRE HIER À CAUSE DE LA PLUIE.
J'AI PAS ENVIE DE COURIR.
FAUDRAIT QU'IL PLEUVE DE NOUVEAU !
REGARDEZ, C'EST KOTORI KAJI. QU'EST-CE QU'ELLE FICHE ?
JE ME DEMANDE.
J'AI PEUT-ÊTRE UN T-SHIRT. JE VAIS ALLER VOIR.
DÉSOLÉE.
ON DIRAIT QU'ELLE A OUBLIÉ SES VÊTEMENTS DE SPORT.
ALLONS-Y.
OUAIP.
QUELLE IDIOTE...
J'ÉTAIS TELLEMENT DANS LA LUNE HIER SOIR QUE J'AI OUBLIÉ MES VÊTEMENTS DE SPORT.
KAA

BIZARRE, CETTE FILLE.
...
JE ME DISAIS BIEN QU'EL-LE CACHAIT QUELQUE CHOSE.
ALORS C'ÉTAIT TOI, LA CAUSE DE TOUT ÇA.
YUKITO !

ZIP
HÉ ! QU'EST-CE QU'IL Y A ?
TU T'EN VAS ?
OUI.
J'EN AI ASSEZ ENTENDU.
ぐったり
HAAA
JE SUIS UN PEU PERDUE.
ET TRÈS...
... LASSE.
J'AI ÉTÉ BÊTE DE M'EN FAIRE AUTANT.
JE RÉFLÉCHIS TROP.
ÇA M'APPRENDRA.
BIEN SÛR, LE PREMIER BAISER, C'EST IMPORTANT, MAIS...
... J'AI PU LUI DIRE...
... CE QUE J'AVAIS À LUI DIRE, ALORS À QUOI BON INSISTER.
RAAAH ! POURQUOI LE SOUVENIR QUE JE LAISSE AUX GENS EST-IL TOUJOURS SI EFFACÉ ?
IL FAUT QUE JE DEVIENNE PLUS IMPRESSIONNANTE.

COMMENT ÇA...
TU... TU NE TE SOUVIENS VRAIMENT PAS ?
QUAND ON ÉTAIT EN PREMIÈRE ANNÉE DE COLLÈGE !
POUR T'AMUSER ! TU M'AS EMBRASSÉE !
TU M'AS PRISE PAR SURPRISE.
MOI ?
TU ES SÛRE QUE TU NE FANTASMES PAS UN PEU ?
ABSOLUMENT !
HM...
HM...
...
...
...
SERAIT-IL POSSIBLE QUE...
C'EST... ...BIZARRE.
...J'AIE
HEIN ?
...RÊVÉ ?
HM ?
J'AI COMME UN DOUTE, SUBITEMENT.
AH !
EN TOUT CAS, JE ME SOUVIENS D'UNE CHOSE : TU AS UN PRÉNOM BIZARRE.
CARRÉMENT.
OH ÇA VA, HEIN !
BLA BLA
QUOI QU'IL EN SOIT, JE SUIS SURPRIS QUE TU SORTES AVEC YUKITO.
COMMENT ÇA SE FAIT QUE VOUS SOYEZ ENSEMBLE ?
C'EST LUI QUI A FAIT LE PREMIER PAS ? VOUS AVEZ EU DES RENDEZ-VOUS EN TÊTE À TÊTE ?
BLA BLA
C'EST VRAIMENT SURPRENANT.
DÉCIDÉMENT, JE NE L'AIME PAS.

RENDS-MOI MON PREMIER BAISER !
PLAÎT-IL ?
!!

RENDS-MOI CE QUE TU M'AS VOLÉ !
...

TU...
... ES VENUE ME DÉCLARER TA FLAMME ?
PAS DU TOUT !

"SI ON NE S'EMBRASSE PAS, C'EST QU'ON NE S'AI-ME PAS, D'APRÈS TOI ?"
NOOOON.
SPLOTCH
JE SUIS BLESSÉ.
KRAAA
GRRRR !
GLOUPS
AAAH ! NE TE METS PAS DANS CET ÉTAT, CE NE SONT QUE DES FRITES !
MANGE TOUT CE QUE TU VEUX. IL FAUT QUE JE RENTRE. DÉSOLÉ, LES GARS.
HEIN ?
TU REN-TRES ?
UNE CHOSE À ME DIRE ? JE T'ÉCOUTE.

MAIS D'ABORD...
... QU'EST-CE QUE TU ES VENUE FAIRE ICI ?
QU'EST-CE QUE TU ME VEUX ?
JE ...
JE SUIS VENUE TE DIRE QUELQUE CHOSE.
ABE, JE PEUX TE PRENDRE UNE FRITE ?
VAS-Y.
OUAH, C'EST BON ! ♡
YUKITO, TU NE MANGES PAS LES TIENNES ?
FAIS GAFFE PARCE QUE JE VAIS TE LES PRENDRE.
JE NE LE DIRAI PAS DEUX FOIS !

MASAKI !
MA...
BAA
TIENS ...
... LA PREUVE.
L'AUTRE FOIS...
... TU AS MENTI !
TU TE SOUVIENS TRÈS BIEN DE MOI !
POURQUOI TU AS MENTI COMME ÇA ?
GLOUPS

IL ME SEMBLE BIEN QUE C'EST ICI…
… QU'HABITE MASAKI.
IL FAUT…
… COMBATTRE LE FEU PAR LE FEU !
SI J'ARRIVE À DIRE À MASAKI CE QUE J'AI SUR LE CŒUR, PEUT-ÊTRE QUE JE GAGNERAI UN PEU DE CONFIANCE EN MOI ?
ESPÈCE DE MENTEUSE !

DE LA...
... CONFIANCE EN MOI...
JE N'EN AI PAS. JE N'EN AI JAMAIS EU.
JE SUIS PLUTÔT TEN-DANCE "TÊTE BAISSÉE".
COMMENT FAIRE POUR LA GAGNER, CETTE FAMEUSE CONFIAN-CE ?
COMMENT FAIRE POUR PARLER À YUKITO DE MASAKI SANS TREMBLER NI BAFOUILLER ?
J'AI UNE IDÉE !

OUI.
TU AS RAISON.
MAINTENANT QUE J'Y PENSE, J'EN SUIS CONVAINCUE.
INTERPRÉTER CE QUE LES AUTRES DISENT SANS CHERCHER À SAVOIR SI ON A BIEN COMPRIS...
... ÇA NE PEUT PAS ABOUTIR À QUELQUE CHOSE DE POSITIF ! MERCI !
DE RIEN.
TU NE DOIS PAS TE SENTIR OBLIGÉE DE LUI RACONTER L'HISTOIRE DU BAISER.
MAIS TANT QUE TU AS LA CONSCIENCE TRANQUILLE, TU N'AS AUCUNE RAISON DE LA CACHER NON PLUS.
AIE CONFIANCE EN TOI !
D'ACCORD ?

ÇA NE T'EST JAMAIS ARRIVÉ DE T'IMAGINER DES CHOSES SUR L'ÉTAT D'ESPRIT DE QUELQU'UN EN LISANT SES MAILS POUR T'APERCEVOIR PLUS TARD QUE TU T'ÉTAIS TROMPÉE ?
QUAND ON PARLE AVEC QUELQU'UN, IL Y A TOUT UN TAS DE PETITES NUANCES ET D'EXPRESSIONS QU'ON NE PEUT SAISIR QU'EN VOYANT SON VISAGE.
SI ÇA SE TROUVE, TON COPAIN ÉTAIT EXACTEMENT DANS LA MÊME SITUATION QUE TOI : IL A MAL INTERPRÉTÉ TES MESSAGES, ET ÇA A FAIT BOULE DE NEIGE.
SI ON N'A PAS LA PERSONNE EN FACE DE SOI, IL EST IMPOSSIBLE DE SAVOIR CE QU'ELLE PENSE. ENFIN, IL ME SEMBLE.
IL SUFFIT DE REGARDER CETTE CONVERSATION POUR S'EN RENDRE COMPTE : FACE À FACE, TOUT DEVIENT LIMPIDE.
SI TON COPAIN T'AIME OU NON, CE N'EST PAS EN INTERPRÉTANT TROIS LIGNES DE MAIL, NI EN REGARDANT LA VITESSE DE SES RÉPONSES QUE TU PEUX LE DÉTERMINER.
...
IBUKI ET MOI N'AVONS JAMAIS VRAIMENT DISCUTÉ AVANT AUJOURD'HUI...
... ET POURTANT TOUT CE QU'ELLE ME DIT M'APPARAÎT CLAIR ET CONVAINCANT.
C'EST PROBABLEMENT PARCE QUE RIEN QU'À LA VOIR, JE SENS QU'ELLE LE DIT POUR MON BIEN.

EUH ...
IBUKI !
TIENS ?
ザッ
AAAH !
PLOC
PLIC
OH NON.
IL PLEUT.
ALLONS À L'ABRI.
OU.. OUI !
ALORS ...
... TU T'ES DISPUTÉE...
... AVEC LUI ?
OUI. C'EST ÇA.
IL M'A ENVOYÉ UN MAIL QUI M'A ÉNERVÉE... J'AURAIS DÛ FAIRE PROFIL BAS, MAIS JE N'AI PAS RÉUSSI À ME CONTRÔLER.
UNE DISPUTE PAR MAIL ?
OUI. IL ME RÉPONDAIT BEAUCOUP PLUS VITE QUE D'HABITUDE, ET SUR UN TON SEC.
JE ME SUIS DIT QU'IL DEVAIT ÊTRE TRÈS EN COLÈRE, VOIRE QU'IL ME DÉTESTAIT.
D'UN AUTRE CÔTÉ, JE NE VEUX PAS LUI RACONTER LA VÉRITÉ. JE NE VEUX PAS QU'IL SACHE.
HUM
EN COLÈRE... JE ME DEMANDE S'IL L'ÉTAIT VRAIMENT TANT QUE ÇA ?
COMMENT ÇA ?

THUD
PREMIER LANCER.
38 MÈTRES.
OUAH ! YUKITO ! TU ES LE NUMÉRO UN !
TRENTE-HUIT MÈTRES ?!
LA CLASSE !
EH BIEN ! ♡
BAH.
INCROYABLE, KAJI !
REGARDE PAR ICI !
GRRR...
WUP
IL S'EST PASSÉ QUELQUE CHOSE ?
TU AS L'AIR TRISTE.
...
...
TSSSK ...

VOUS AVEZ L'AIR DE BIEN VOUS AMUSER, DITES-MOI.
GLOUPS
GLOUPS
WOOSH

QUAND ON S'AIME, IL ME SEMBLAIT POURTANT QUE S'EMBRASSER EST LA MOINDRE DES CHOSES.
YUKITO
LA MOINDRE DES CHOSES ? ALORS SI ON NE S'EMBRASSE PAS, C'EST QU'ON NE S'AIME PAS, D'APRÈS TOI ?
KOTORI
CLIC
CLIC
CLIC
CLIC
LA...
LA DISCUS-SION...
CLIC
CLIC
CLIC
CLIC
CLIC
CLIC
CLIC
CLIC
CLIC
CLIC
CLIC
CLIC
... EST EN TRAIN DE PRENDRE UNE MAUVAISE TOURNURE...
LES DEUX KAJI.

SI TU N'ES PAS CONTRE, IL NE FALLAIT PAS DIRE NON !
YUKITO
PAA
COMMENT DIRE...? IL Y A DES MOMENTS OÙ CERTAINES CHOSES NE SONT PAS POSSIBLES.
EN TOUT CAS, JE M'EXCUSE.
KOTORI
C'EST...
C'EST BIEN CE QUE JE CRAIGNAIS. IL EST EN COLÈRE.
QU'EST-CE QUE JE VAIS POUVOIR LUI RÉPONDRE...?
...
DES MOMENTS ? ET POUR QUELLE RAISON AU JUSTE ? JE SUIS CURIEUX DE SAVOIR.
YUKITO
ARGH !
JE NE PEUX PAS RÉPONDRE À ÇA...
PARCE QUE NOUS, LES FILLES, SOMMES DÉLICATES. TU POURRAIS FAIRE L'EFFORT DE LE COMPRENDRE.
KOTORI

SE POUR-RAIT-IL QUE...
... MASAKI LUI AIT TOUT DIT POUR LE BAISER ?
...
JE N'OSE PAS ME RETOUR-NER.
CLIC
CLIC
CLIC
CLIC
NON... C'EST IMPOSSIBLE... ENFIN, J'ESPÈRE...
BRRR
BRR
PARDON POUR TOUT À L'HEURE. J'AI MAL RÉAGI, J'AI ÉTÉ SURPRISE. JE NE M'ÉTAIS PAS PRÉPARÉE PSYCHOLOGIQUEMENT. MAIS JE NE SUIS PAS CONTRE !
KOTORI

"NON" ?
"NON".
EUH...
"NON".
YU...
YUKITO !
"NON". AH BON. "NON".
JE RÊVE, OU...
... IL DOUTE DE MOI ?

AAAAAAAH !
ILS SONT EN TRAIN DE DANSER ?
NON !
GLOUPS

A...

SERRE
HEIN ?
QUE ...
YUKI... TO ?
VÉRIFICATION DES SENTIMENTS ! ♡
GAAAAH !
TOUT LE MONDE VA NOUS VOIR !
ET ALORS ?

...
BAH.
TANT MIEUX, ALORS. AUTANT NE PAS REVENIR DESSUS.
SA...
SALUT, ABE !
SALUT LES DEUX KAJI !
'LUT.
IL FAUT CROIRE QUE TOUS MES AMIS NE PROVOQUENT PAS LA MÊME RÉACTION.
HEIN ?
BAA

SA...
SALUT !
TIENS !
SALUT.
Exit
...
QU'EST-CE QU'IL Y A ?
C'EST...
... BIZARRE.
RIEN...
C'EST COMME S'IL NE S'ÉTAIT RIEN PASSÉ.
KATAM
APRÈS HIER, JE M'IMAGINAIS QUE CE SERAIT UN PEU TENDU, MAIS... RIEN DU TOUT.
TATAM
AUJOURD'HUI, ON EST NOTÉS EN SPORT.
KATAM
AH OUI ?
J'AVAIS OUBLIÉ.
TÊTE EN L'AIR !
JE T'AI POURTANT DIT QUE J'ALLAIS BATTRE TOUS LES RECORDS !
PEUT-ÊTRE QUE JE ME SUIS FAIT DES IDÉES.
AH, OUI.
NE T'EN FAIS PAS, JE SERAI LÀ POUR TE REGARDER.
J'ESPÈRE BIEN.

AH BON ? JE SUIS DEVENUE ROUGE ?
JE DOIS AVOIR UN PEU DE FIÈVRE.
MERCI DE T'INQUIÉTER ! ♡
KOTORI
GASP...
MON ŒIL.
DODOM
DODOM
DODOM
...
DODOM
DODOM
POURQUOI EST-CE QUE JE ME SENS SI COUPABLE ?!
EN MÊME TEMPS, JE NE PEUX PAS DIRE À YUKITO QUE J'AI EMBRASSÉ UN DE SES AMIS.
TOUT ÇA, C'EST DU PASSÉ.
JAMAIS DE LA VIE !
C'EST UN PEU TARD, MAIS...
FROTTE

POURQUOI FAUT-IL QU'IL REVIENNE DANS MA VIE ?!
PAS DE NOUVEAU MESSAGE.
...
PAS DE RÉPONSE...
MESSIRE, VOUS AVEZ UN NOUVEAU MESSAGE.
BAA
MESSIRE...
BIP

"KYAAAH !"
"ENFIN, J'EN-TENDS LE SON DE TA VOIX. TU ES MÊME CAPABLE DE CRIER !"
RYOSUKE MASAKI...
CELUI QUI, POUR S'AMU-SER, M'A VOLÉ MON PREMIER BAISER !

MALÉDICTION…
C'EST…
C'EST…
TU EN REFERAS ? ♥
ESPACE QUI EN DIT LONG
TOUT À L'HEURE TU ÉTAI
ROUGE.
QU'EST-CE QUI T'EST AR
… TOUT CE QUE JE CRAIGNAIS.
COMMENT A-T-IL PU SE RENDRE COMPTE ?!
J'ÉTAIS
RAIMENT
I LOUCHE
QUE ÇA ?
*LES PORTABLES JAPONAIS NE PEUVENT ENVOYER QUE DES E-MAILS.
…
"QUEL NOM BIZARRE !"
"KOTORI… ?"
"TU N'ES PAS TRÈS CAUSANTE, KAJI."
"POURQUOI ?"
"HÉ ! KOTORI !"
TOC

From yuki@bokutachi.ne.jp
Sub MERCI
MERCI POUR LES BROWNIES. JE VIENS DE LES TERMINER. ILS ÉTAIENT DÉLICIEUX ! TU EN REFERAS ? ♡
GLOUPS
...
TU EN REFERAS ? ♡
TOUT À L'HEURE TU ÉTAIS TOUTE ROUGE.
QU'EST-CE QUI T'EST ARRIVÉ ?
ÇA CONTINUE TOUT EN BAS...
TU ÉTAIS
CLIC
CLIC
CLIC
OUF...
CE N'ÉTAIT QUE ÇA...
HM ?

POURQUOI ?! POURQUOI RYOSUKE MASAKI ?
ET SURTOUT, POURQUOI FAUT-IL QU'EN PLUS...
... IL SOIT AMI AVEC YUKITO ?!
C'EST ...
... UN...
... CAU-CHEMAR.
DODOM
DODOM
DODOM
QUE FAIRE... ? EN PLUS, VU LA FAÇON DONT J'AI HURLÉ...
... ILS ONT DÛ ME TROUVER LOUCHE.
DODOM
SI JAMAIS YUKITO ME POSE DES QUESTIONS AU SUJET DE MASAKI...
GAAAH !

GAAAAAH !
TU... TU ES QUI, AU JUSTE ?
JE N'ARRIVE PAS À ME RAPPELER...
HA HA !
...
QUEL HURLEMENT...

ぼ
BLUSH
UN PEU, OUI ! QUAND ON ÉTAIT AU COLLÈGE...
VOUS...
... VOUS CONNAIS-SEZ ?!
COM-MENT ÇA...?

RY...
RYOSUKE MASAKI ?!

A Romantic Love Story 1

13TH LESSON

JOKER

KOTORI...
... KAJI ?

INTRODUCTION

Lors de son premier jour de lycée, **Kotori Kaji** fait la connaissance d'un homonyme, prénommé **Yukito**. La jeune fille se méfie d'abord un peu mais tombe progressivement amoureuse de lui. Yukito déclare son amour à Kotori, et l'embrasse. Grâce à **Ibuki**, une camarade de classe, Kotori parvient à avouer à Yukito qu'elle aussi est amoureuse de lui. C'est alors qu'apparaît un certain **Ryosuke**...

SOMMAIRE

Kaho Miyasaka

A ROMANTIC LOVE STORY 4